Mohamed BACHKAT

Le Gourou et le Général Kuskov

© Mohamed BACHKAT, 2025
Édition : BoD · Books on Demand,
31 avenue Saint-Rémy, 57600 Forbach,
bod@bod.fr
Impression : Libri Plureos GmbH,
Friedensallee 273, 22763 Hamburg
(Allemagne)
ISBN : 978-2-3225-5980-0
Dépôt légal : Mars 2025

Partie 1

Introduction

Le vent chaud de l'Andalousie caressait les oliviers centenaires. Retiré depuis des années dans une hacienda discrète, Mosof vivait en paix avec sa femme Naima, sa fidèle servante du Caucase et quelques compagnons d'armes qui avaient survécu aux tourments de son époque. Il ne cherchait plus ni gloire ni pouvoir. Seules la méditation et l'étude rythmaient ses journées. Pourtant, cette quiétude allait être brisée.

Une nuit, alors que les ombres s'allongeaient sous la lumière tremblante des torches, un convoi discret pénétra la propriété. Des hommes en uniforme sombre, aux visages durs, escortaient un seul homme. Grand, robuste, aux traits burinés par les combats et les intrigues, il portait le nom de Général Kuskov.

« Mosof... il est temps de reprendre du service. »

Sa voix était tranchante, habituée à commander. Mais dans son regard brillait une étincelle de secret, une lueur qui trahissait des intentions plus profondes. Il ne venait pas simplement chercher un vieux maître en retraite. Il venait réveiller une légende.

« Pourquoi devrais-je t'écouter ? » répondit Mosof en plissant ses yeux jaunes, perçant le silence de la nuit.

Kuskov sourit légèrement. Il n'était pas venu seulement pour réveiller une légende, mais pour formuler une requête précise.

« J'ai besoin de toi pour un voyage... un voyage à travers l'Histoire. »

Mosof plissa les yeux, devinant où il voulait en venir.

« Tu veux utiliser ma machine. »

Kuskov hocha la tête sans hésiter.

« Je veux que tu l'utilises pour parcourir les batailles et rencontrer les rois qui ont façonné le monde. »

Mosof resta silencieux un instant, jaugeant l'homme en face de lui. Il savait que Kuskov n'agissait jamais sans arrière-pensée.

« Et qu'attends-tu vraiment de ce voyage ? » demanda-t-il d'un ton froid.

Kuskov esquissa un sourire énigmatique. Il ne répondit pas tout de suite. L'essentiel viendrait plus tard. Pour l'instant, il avait éveillé la curiosité du Gourou. Et c'était tout ce qu'il lui fallait.

Chapitre 1 : Alexandre, le Conquérant Perdu

Mosof fixait Kuskov avec intensité. L'idée de parcourir l'histoire n'était pas ce qui le troublait. Ce qui l'inquiétait, c'était les raisons de cette demande. Kuskov voulait-il simplement observer le passé ou en tirer des leçons pour un futur conflit ?

« Nous commencerons par Alexandre. » déclara finalement Mosof.

Kuskov acquiesça, attendant que Mosof active sa machine. Quelques instants plus tard, la réalité se distordit, et le Gourou aux yeux jaunes se retrouva projeté sur un champ de bataille : Gaugamèles, 331 av. J.-C.

Lors de la bataille de Gaugamèles, Alexandre utilisa la ruse et la mobilité pour vaincre une armée largement supérieure en nombre. Le soleil se levait à l'horizon, illuminant une vaste plaine parsemée de cavaliers, de phalanges et de chars à faux perses scintillant sous la lumière matinale. D'un côté, l'armée d'Alexandre le Grand, disciplinée et compacte. De l'autre, la horde immense de Darius III, le roi des rois, dont la supériorité numérique semblait écrasante.

Mosof observa Alexandre, monté sur Bucéphale, son cheval légendaire. L'homme était jeune, à peine 25 ans, mais son regard brûlait d'une ambition démesurée. Il s'adressa à ses généraux, Parmenion et Cratère, leur ordonnant de maintenir les lignes avant de s'élancer lui-même avec sa cavalerie d'élite, les Compagnons.

Le choc fut brutal. Alexandre, au lieu d'attaquer frontalement, utilisa une manœuvre en tenaille : il feignit une attaque directe avant d'attirer les Perses vers son flanc droit, laissant une brèche béante dans les rangs ennemis. Il fonça alors à pleine vitesse vers Darius lui-même.

Paniqué, voyant son centre s'effondrer, Darius prit la fuite, abandonnant son armée. Le chaos s'ensuivit : l'immense machine de guerre perse se disloqua, et en quelques heures, Alexandre remportait une victoire absolue.

Sur le champ de bataille, Mosof comprit pourquoi Alexandre était considéré comme invincible. Il n'avait jamais perdu une seule bataille contre les Perses, portant son empire jusqu'à l'Indus, là où le monde connu s'arrêtait.

Mais alors que la poussière de Gaugamèles retombait, Mosof se rappela une autre vérité. Selon Clausewitz, Alexandre perdit la guerre.

Après avoir conquis l'Empire perse, Alexandre poussa son armée jusqu'à l'Indus, mais perdit progressivement son emprise politique. En, effet, après Gaugamèles, Alexandre ne se contenta pas de régner en Grec, il adopta les coutumes perses, portant la robe des Achéménides et exigeant qu'on le vénère comme un dieu. Il épousa Roxane, une princesse bactrienne, et força ses officiers macédoniens à faire de même avec des nobles perses.

Mosof savait que cette fusion des cultures allait diviser son empire. Les Grecs le voyaient comme un traître à leur héritage, tandis que les Perses ne l'acceptaient jamais totalement comme l'un des leurs. À sa mort, son empire se fragmenta en guerres intestines entre ses généraux, les Diadoques.

Clausewitz avait raison : gagner des batailles ne suffit pas à gagner une guerre.

De retour dans le présent, Mosof fixa Kuskov.

« Pourquoi voulais-tu voir Alexandre ? » demanda-t-il.

Kuskov sourit légèrement mais ne répondit rien. Et dit:

« Cette fois-ci, nous allons à la Seconde Guerre Punique. »

Chapitre 2 : La Seconde Guerre Punique – Alliances et Revanche

Mosof ouvrit les yeux sur un champ de bataille encore plus sanglant que Gaugamèles. Canne, 216 av. J.-C.

Devant lui, les légions romaines s'étaient avancées en masse, confiantes dans leur nombre, prêtes à écraser Hannibal Barca, le général carthaginois qui avait traversé les Alpes pour défier Rome sur son propre sol.

Hannibal, lui, souriait. Il avait placé ses troupes légères au centre, feignant une faiblesse, incitant les Romains à foncer tête baissée. Dès que l'infanterie romaine pénétra dans la brèche, les flancs carthaginois se refermèrent sur eux.

L'armée romaine, prise au piège dans un double encerclement, fut massacrée. 50 000 Romains tombèrent en une journée.

Hannibal venait de remporter la plus grande victoire tactique de l'histoire militaire. Mais comme Mosof le savait déjà, cette victoire ne suffirait pas.

Mais Massinissa changea de camp.

Parmi les cavaliers qui combattaient aux côtés d'Hannibal se trouvait Massinissa, un prince numide d'une habileté exceptionnelle. Il avait remporté toutes ses batailles aux côtés des Carthaginois contre Rome. Mais après Canne, lorsque Hannibal ne marcha pas sur Rome, les élites carthaginoises l'évincèrent et l'exilèrent.

Ce fut une erreur fatale.

Car quelques années plus tard, Massinissa revint, mais du côté des Romains. Il s'allia avec Scipion l'Africain, un général romain dont le père et l'oncle avaient été vaincus par Hannibal en Espagne. Scipion voulait sa revanche.

Ensemble, ils affrontèrent Hannibal lors de la bataille de Zama (202 av. J.-C.), en Afrique du Nord.

Zama fut le triomphe du génie militaire.

Mosof observa le champ de bataille avec attention. Hannibal avait encore une arme redoutable : ses éléphants de guerre. Ces monstres cuirassés, capables de semer la terreur et d'écraser les rangs ennemis, avaient été utilisés avec succès contre les Romains dans le passé.

Mais Scipion, prévoyant, avait préparé une contre-mesure ingénieuse. Plutôt que de former des rangs serrés comme d'habitude, il ordonna à ses légionnaires de s'ouvrir en couloirs au dernier moment, laissant les éléphants s'engouffrer dans ces espaces vides. Désorientés, ces derniers furent poussés vers l'arrière et semèrent le chaos dans les lignes carthaginoises.

Alors que l'infanterie romaine engageait le combat, la cavalerie numide de Massinissa, qui combattait désormais pour Rome, mit en déroute les cavaliers carthaginois. Puis elle revint frapper Hannibal par-derrière, scellant sa défaite.

Carthage capitula. Rome venait de sceller son ascension, et Carthage sa ruine.

Et quelles étaient les leçons à tirer de la Seconde Guerre Punique.

Mosof observa les corps jonchant le champ de bataille de Zama. Deux choses étaient évidentes.

Une victoire tactique ne suffit pas à gagner une guerre.

Hannibal avait écrasé Rome à Canne, mais faute d'alliances solides et d'une stratégie globale, il n'avait pas pu exploiter sa victoire.

Les alliances sont plus puissantes que les batailles.

Massinissa était un allié de Carthage. Chassé, il devint l'allié clé de Rome et scella la défaite d'Hannibal. Une seule trahison avait suffi à inverser le cours de l'histoire.

L'innovation et l'adaptation sont la clé de la victoire.

Les éléphants de guerre étaient une force terrifiante, mais Scipion avait su anticiper leur menace et neutraliser leur impact. L'intelligence stratégique l'avait emporté sur la puissance brute.

De retour dans le présent, Mosof croisa le regard de Kuskov.

« Pourquoi me montrer ça ? » demanda-t-il.

Kuskov sourit à nouveau, toujours silencieux.

Mais Mosof commençait à comprendre. Il ne cherchait pas seulement des leçons du passé. Il préparait quelque chose.

Chapitre 3 : Jugurtha et le Siège de Numance

La lumière se dissipa, laissant place à un autre champ de bataille, où Jugurtha, le roi numide, se tenait à la tête de ses troupes, assiégeant la ville de Numance. Mosof observa attentivement les événements se déroulant devant lui.

Le siège de Numance fut une lutte acharnée.

En effet, Numance, une forteresse ibérique, était un symbole de résistance contre l'oppression. Jugurtha avait décidé d'assiéger la ville, cherchant à unifier les Ibères sous son commandement. Les murs de la ville, bâtis de pierres solides, résistaient aux attaques, mais les forces de Jugurtha avaient élaboré des stratégies astucieuses pour harceler les défenseurs.

Les habitants de Numance, déterminés à défendre leur territoire, utilisèrent des tunnels secrets pour se ravitailler. Et

Jugurtha les découvrit et porta un coup fatal aux Ibériques en infiltrant la forteresse par ces fameux tunnels.

Au cœur de cette résistance, Mosof comprit que la guerre ne se gagnait pas seulement par des batailles rangées. Les leçons à tirer de ce siège étaient multiples :

La force du siège repose sur la ruse et la patience.

Jugurtha savait que la victoire ne serait pas obtenue par la force brute, mais par des tactiques astucieuses et une guerre d'usure.

La guérilla peut affaiblir un ennemi en le rendant méfiant et épuisé.

Les embuscades constantes et les attaques nocturnes sapèrent le moral des assaillants et leur capacité à maintenir un front uni.

Après cette campagne, Mosof se trouva projeté sur un autre champ de bataille, où Jugurtha affrontait les armées romaines. Les Romains, sous le commandement de Scipion Émilien et de Quintus Metellus, avaient l'intention d'écraser la résistance numide.

Jugurtha, fort de sa ruse, avait compris que la corruption des sénateurs romains pourrait jouer en sa faveur. Il savait que Rome appartenait à celui qui avait les moyens. Avec des promesses et des pots-de-vin, il exploitait leurs ambitions, créant des divisions parmi leurs rangs.

Cependant, la véritable menace venait de l'intérieur. Boccus, un roi local, était un ancien allié de Jugurtha, mais il trahit ce dernier en s'alliant avec les Romains. Cette trahison affaiblit la position de Jugurtha et lui coûta cher sur le champ de bataille.

Les Romains, forts de cette nouvelle alliance, mirent en œuvre une stratégie de siège combinée avec des embuscades. Jugurtha dut alors faire face à une pression constante, ses ressources s'amenuisant au fur et à mesure que les troupes romaines harcelaient ses lignes.

Au cœur de ces affrontements, Mosof tira plusieurs leçons :

L'importance des alliances et de la trahison.

Les alliances peuvent renverser le cours d'une guerre. La trahison de Boccus a montré comment un ancien allié pouvait devenir un ennemi, modifiant l'équilibre des forces sur le terrain.

La corruption comme arme de guerre.

Jugurtha a démontré que la manipulation du système politique peut être tout aussi efficace que le combat sur le champ de bataille. Les manœuvres politiques peuvent éroder la détermination de l'ennemi.

L'importance de la guerre d'usure.

Jugurtha a utilisé des tactiques de guérilla pour épuiser les forces romaines. Ces stratégies de harcèlement ont affaibli l'ennemi et renforcé le moral de ses propres troupes.

De retour dans le présent, Mosof regarda Kuskov, qui avait observé les événements avec un intérêt marqué.

« Pourquoi ces leçons ? » demanda-t-il.

Kuskov, toujours silencieux, esquissa un sourire. Il avait encore des projets pour le passé.

Chapitre 4 : Mosof à la Cour des Rois de France

La lumière se dissipa une fois de plus, et Mosof se retrouva dans un cadre totalement différent. Il se tenait maintenant dans la cour d'un majestueux palais français, entouré par des nobles vêtus de riches étoffes, des courtisans et des gardes en armure. Le bruit des rires et des discussions flottait dans l'air, tandis que des musiciens jouaient des airs mélodieux.

Mais dans l'esprit de Mosof, les souvenirs des batailles résonnaient encore. Ses récentes explorations l'avaient amené à traverser des siècles d'histoire, des champs de bataille aux intrigues politiques.

Il se remémorait les leçons apprises à travers chaque événement.

Donnons le récapitulatif des batailles et Enseignements

Pour Gaugamèles (331 av. J.-C.), une victoire ne garantit pas la paix. Alexandre, bien qu'invincible sur le champ de bataille, perdit en intégrant les coutumes perses, prouvant que conquérir est une chose, gouverner en est une autre.

En ce qui concerne Canne (216 av. J.-C.) et Zama (202 av. J.-C.), les tactiques de guérilla et d'usure peuvent renverser des forces apparemment invincibles. Hannibal a montré que la ruse est parfois plus puissante que la force brute, tandis que Scipion a démontré l'importance d'adapter ses stratégies.

Concernant, Le siège de Numance, la résistance face à un assiègeant plus fort repose sur l'innovation et l'utilisation astucieuse du terrain. La guérilla et les tactiques d'usure sont essentielles pour affaiblir l'ennemi.

Pour les Guerres de Jugurtha, la corruption et les alliances peuvent transformer le cours d'une guerre. Un ancien allié peut devenir un ennemi, et les manœuvres politiques peuvent éroder la détermination des adversaires.

Alors que Mosof observait la cour, il réalisait que le monde était en constante évolution, façonné par des alliances, des trahisons et des batailles. Les leçons apprises à travers le temps avaient préparé son esprit à naviguer dans les complexités de cette nouvelle ère.

Les rois de France, avec leurs ambitions et leurs rivalités, incarnaient ce mélange d'histoire militaire et politique. Mosof était conscient que chaque mouvement dans cette cour pourrait résonner dans le futur. Il s'apprêtait à plonger dans cette nouvelle dimension, utilisant son expérience des batailles passées pour comprendre les intrigues de la noblesse française.

Chapitre 5 : L'Émergence des Francs et Clovis

Mosof se tenait dans une salle ornée de tapestries richement brodées, témoin de l'émergence d'une nouvelle civilisation. Devant lui se dressait Clovis, roi des Francs, un homme dont le charisme et la force avaient conquis le cœur de ses sujets. La lumière des torches dansait sur les murs, créant une atmosphère à la fois solennelle et vibrante.

Racontons l'épisode du Vase de Soissons.

Un murmure parcourut la cour, alors que l'histoire du vase de Soissons était évoquée. Ce vase, un précieux trophée de guerre, avait été pris par Clovis lors de sa victoire sur les romains à Soissons. Lors d'une réunion avec ses guerriers, Clovis fit le choix de détruire le vase, le considérant comme une œuvre d'art trop belle pour rester en la possession de ses hommes, qui l'avaient voulu comme un symbole de leur bravoure.

Un des soldats, un guerrier du nom d'Anselm, ne put contenir son indignation. En protestant contre la décision du roi, il osa s'élever contre l'autorité de Clovis. « Vous êtes roi par la force, mais vous ne comprenez pas la valeur de la gloire ! » lança-t-il.

Pour montrer sa détermination et son autorité, Clovis répondit d'un ton ferme. « Celui qui désire un vase, soit, mais qu'il vienne le chercher ! » En brisant le vase sous le regard médusé de ses guerriers, Clovis affirmait ainsi sa puissance et son contrôle sur ses sujets.

C'était une leçon de pouvoir et d'autorité.

Cet épisode marqua les esprits et devint une légende parmi le peuple franc. Mosof comprit que cette action symbolisait plus qu'une simple démonstration de pouvoir ; elle marquait le début d'une ère où le roi serait à la fois un chef militaire et un symbole d'unité pour ses sujets. Clovis, à travers cet acte, affirmait son autorité et sa capacité à rassembler les différentes tribus sous une même bannière.

Alors que Mosof réfléchissait à l'importance de cet événement, il se rendit compte que l'histoire des Francs, sous la conduite de Clovis, serait déterminante pour le futur de l'Europe. Le roi des Francs ne se contentait pas de conquérir des terres ; il bâtissait les fondements d'un royaume qui deviendrait un acteur majeur dans le jeu des puissances en Europe.

L'épisode du vase de Soissons n'était qu'un aperçu des défis auxquels Clovis serait confronté pour unifier les tribus et établir un royaume durable. Les décisions qu'il prendrait résonneraient à travers les âges, et Mosof était déterminé à en être le témoin et le narrateur.

Chapitre 6 : À la Cour de Charlemagne

Une nouvelle lumière enveloppa Mosof, le transportant cette fois à la cour flamboyante de Charlemagne, l'un des plus grands rois de l'histoire européenne. Le Palais d'Aix-la-Chapelle était un lieu de grandeur, où des sages, des guerriers et des envoyés des royaumes lointains se côtoyaient. Le roi, majestueux dans sa tenue ornée, s'entretenait avec ses conseillers, son charisme émanant de chaque geste.

Mais comment s'était réalisée l'Alliance avec le Roi des Abbassides ?

Au milieu des discussions sur les guerres contre les Sarrasins, un ambassadeur arriva, représentant le roi Al-Mansur des Abbassides. Charlemagne, conscient des tensions croissantes entre les Omeyades d'Espagne et son propre empire, cherchait à établir une alliance solide avec le califat abbasside.

« Ensemble, nous pouvons contrecarrer l'expansion des Omeyades et préserver la paix en nos terres. » affirma Charlemagne avec détermination. L'alliance était stratégiquement cruciale, car elle permettrait aux deux puissances de faire front commun contre un ennemi commun.

Les envoyés échangèrent des promesses de soutien mutuel, et en signe de bonne volonté, Charlemagne reçut un cadeau extraordinaire : une girafe, un animal rare et majestueux, symbole de la grandeur et de l'exotisme de l'Orient. Cet événement marqua un moment de fierté pour le roi, mais il serait aussi considéré plus tard comme un échec dans la diplomatie, car l'alliance ne tiendrait pas face aux ambitions expansionnistes des Omeyades.

Et quand était-il de la dissolution de l'Empire ?

Au fur et à mesure que les années passaient, l'Empire de Charlemagne s'étendait à son apogée. Toutefois, la mort du roi en 814 marqua le début d'une ère de défis. Ses fils, Louis le Pieux et ses autres héritiers, tentèrent de maintenir l'unité de l'empire, mais les querelles internes et les rivalités entre les frères commencèrent à miner les fondements de ce qui avait été bâti avec tant d'efforts.

Les luttes de pouvoir se poursuivirent entre les fils et petits-fils de Charlemagne, chacun cherchant à revendiquer des territoires et des droits. Le traité de Verdun en 843 finit par diviser l'empire en trois parties, chacun prenant des chemins divergents.

Cette dissolution, bien qu'inevitable, fut un coup dur pour le rêve d'un empire unifié. Les rivalités entre les royaumes émergents, comme la France, l'Allemagne et l'Italie, allaient poser de nouveaux défis à l'Europe médiévale.

Que pouvons-nous dire sur les Leçons de Charlemagne ?

Mosof observa les conséquences de l'alliance avec les Abbassides et la dissolution de l'empire. Les leçons à en tirer étaient claires :

Les alliances doivent être fondées sur des intérêts communs solides.

Bien que l'alliance avec les Abbassides ait semblé prometteuse, elle n'a pas réussi à unir durablement les forces contre un ennemi commun.

Un empire repose sur une gouvernance solide et une succession claire.

La mort de Charlemagne sans un plan de succession cohérent a conduit à des conflits internes, démontrant que la pérennité d'un royaume dépendait aussi de sa capacité à gérer la transition du pouvoir.

La gestion des héritiers est cruciale pour la stabilité d'un empire.

Les rivalités entre les fils et les petits-fils de Charlemagne ont fragilisé l'unité de l'empire, illustrant les dangers des ambitions personnelles au sein d'un royaume.

En réfléchissant à ces leçons, Mosof se rendit compte que les événements de cette époque allaient façonner non seulement le futur de l'Europe, mais aussi son propre voyage à travers l'histoire. Charlemagne, bien qu'illustre, était un homme confronté à des défis qui résonnaient à travers les âges.

Chapitre 7 : François Ier et la Guerre pour le Royaume

Mosof se retrouva dans une salle de banquet somptueuse, ornée de tapisseries illustrant des scènes de guerre et de conquête. À la table d'honneur,

François Ier, roi de France, discutait avec ses conseillers. L'atmosphère était chargée de tension, car le roi était conscient que la guerre était essentielle pour maintenir son royaume face à des menaces internes et externes.

« Guerroyer, tel est notre bon plaisir ! » affirma François Ier avec passion, levant son verre. Pour lui, la guerre n'était pas seulement une nécessité politique, mais une démonstration de pouvoir et de grandeur. Sa quête de gloire l'amenait à considérer chaque conflit comme une opportunité de renforcer sa position sur l'échiquier européen.

Il savait que la guerre était une arme à double tranchant. Pour maintenir l'ordre et la prospérité dans son royaume, il devait être prêt à affronter des adversaires redoutables, notamment Charles Quint, empereur du Saint-Empire romain germanique, qui voyait d'un mauvais œil l'expansion de la France.

Les Alliances et la Méfiance envers les Femmes étaient essentiel pour le roi.

Dans cette lutte pour le pouvoir, François Ier ne pouvait ignorer le rôle des alliances. Il envisageait une alliance avec des puissances orientales, telles que Süleyman le Magnifique, pour contrecarrer l'influence de Charles Quint. Cette coopération potentielle avec l'Empire ottoman pouvait lui donner un avantage stratégique. Mais, comme il l'avait appris de ses expériences, il se méfiait également des femmes.

« Les femmes, souvent, varient fol ce qui s'y fit, » confia-t-il à l'un de ses conseillers. Les intrigues de cour et les alliances matrimoniales étaient un terrain glissant, et François savait qu'une trahison pouvait venir des plus proches.

Les épisodes suivants étaient les conflits européens et les enfants otages.

La tension entre François et Charles Quint culmina

rapidement en une guerre ouverte. Charles Quint, pour affirmer son pouvoir, captura les enfants de François, les tenant comme otages pour forcer le roi à négocier. Ses enfants devaient être échangés contre le souverain lui-même. Cependant, ces promesses, une fois encore, furent rapidement oubliées dans le tumulte des négociations.

Cette situation illustra une leçon cruciale pour le monde : les promesses n'engagent que ceux qui y croient. L'absence de sincérité et l'oubli des engagements étaient des éléments omniprésents dans le monde politique, et François apprit à ne faire confiance qu'à ses propres forces.

Le mécénat et la beauté de l'Art étaient cruciaux pour le roi.

Malgré les tumultes de la guerre, François Ier comprenait l'importance du mécénat pour la gloire de son royaume. Il invita Léonard de Vinci, ce génie de la Renaissance, à sa cour. Sous son patronage, des chefs-d'œuvre d'art et d'architecture virent le jour, équilibrant ainsi la brutalité des guerres avec la beauté de l'art. Le roi savait que la culture était un pilier essentiel pour l'identité de la France et pouvait même servir à rassembler son peuple.

Au terme de cette période intense, Mosof tira plusieurs leçons de la vie de François Ier :

La guerre est à la fois un plaisir et une nécessité pour maintenir un royaume.

François Ier comprit que la guerre est une composante essentielle de la politique et de la puissance.

Les alliances sont précieuses, mais doivent être considérées avec prudence.

Se méfier des femmes et des alliances fragiles est crucial, car la loyauté peut être volatile.

Les promesses peuvent être des illusions.

L'expérience du roi avec Charles Quint montra que les engagements sont souvent sujets à des interprétations intéressées.

La culture et l'art peuvent équilibrer les horreurs de la guerre.

Le mécénat de François Ier pour des artistes comme Léonard de Vinci illustre comment l'art peut servir d'outil de diplomatie et d'unification nationale.

En réfléchissant à ces leçons, Mosof réalisa que le règne de François Ier était marqué par des défis constants, mais aussi par des réussites dans le domaine de la culture et de l'art, illustrant ainsi la dualité du pouvoir dans l'histoire. Il était déterminé à continuer d'explorer ces dynamiques à travers le temps.

Chapitre 8 : Napoléon et les Guerres Austro-Hongroises

Une nouvelle lumière enveloppa Mosof, et il se retrouva sur un vaste champ de bataille, où les tambours de guerre résonnaient dans l'air. Napoléon Bonaparte, empereur des Français, planifiait ses mouvements militaires avec une précision légendaire. Les tensions en Europe avaient atteint leur paroxysme, et Napoléon était déterminé à étendre son empire, affrontant l'Empire austro-hongrois dans une série de conflits déterminants.

Comment se réalisa l'ascension de Napoléon ?

Napoléon, qui avait commencé comme un simple général, avait

rapidement gravi les échelons pour devenir l'un des dirigeants les plus puissants de son époque. Son ambition de créer un empire français unifié le poussa à s'opposer à l'Empire austro-hongrois, qui représentait une menace pour ses ambitions. Les guerres austro-hongroises étaient le théâtre de rivalités politiques, mais aussi d'affrontements personnels entre Napoléon et les Habsbourg.

Les batailles de Austerlitz et Wagram furent parmi les plus significatives de ces guerres.

Austerlitz (1805) :

Souvent appelée la « bataille des Trois Empereurs », Austerlitz vit Napoléon affronter les forces autrichiennes et russes. Napoléon, utilisant sa stratégie de feinte, parvint à diviser ses ennemis et à les vaincre de manière décisive. Cette victoire renforça sa réputation et cimenta son pouvoir en Europe.

Wagram (1809) :

Dans cette bataille, Napoléon affronta une armée austro-hongroise qui tentait de repousser son expansion. Après plusieurs jours de combats acharnés, les forces françaises, sous la direction stratégique de Napoléon, remportèrent la victoire, conduisant à la signature du traité de Schönbrunn, qui affirmait la domination française sur l'Autriche.

Mosof observa les tactiques employées par Napoléon. Sa capacité à mobiliser rapidement ses troupes, à utiliser la cavalerie et l'artillerie de manière innovante, et à créer des alliances temporaires avec d'autres nations était admirable. Napoléon avait également compris l'importance de la logistique, assurant que ses armées étaient bien approvisionnées et prêtes à se déplacer rapidement sur le champ de bataille.

Quelles étaient les Conséquences des Guerres Austro-Hongroises ?

Les guerres austro-hongroises avaient des conséquences profondes sur l'Europe. Napoléon avait réussi à réduire l'influence des Habsbourg et à redessiner la carte de l'Europe. Cependant, cette expansion ne fut pas sans conséquences. Les ambitions de Napoléon attirèrent l'hostilité d'autres puissances, notamment la Grande-Bretagne, la Russie et la Prusse.

Mosof tira plusieurs leçons de l'ère de Napoléon et des guerres austro-hongroises :

La rapidité et la surprise sont des atouts majeurs en guerre.

Napoléon a démontré que des mouvements rapides et inattendus peuvent déstabiliser un adversaire et lui faire perdre l'initiative.

La logistique est aussi cruciale que la stratégie militaire.

Assurer l'approvisionnement et la mobilité des troupes est fondamental pour le succès sur le champ de bataille.

Les alliances peuvent changer le cours d'une guerre.

La capacité de Napoléon à créer des alliances temporaires avec d'autres puissances lui permit d'affaiblir ses ennemis et de renforcer sa position.

Les conquêtes engendrent souvent des rivalités.

Bien que Napoléon ait réussi à étendre son empire, ses actions ont également suscité des coalitions d'adversaires qui allaient mener à sa chute ultérieure.

En réfléchissant à ces leçons, Mosof réalisa que l'ère de Napoléon était marquée par des ambitions grandioses, mais aussi par des conflits et des rivalités qui continueraient à façonner l'Europe pendant des générations. Il était impatient de voir comment ces dynamiques évolueraient dans les années à venir.

Chapitre 9 : Napoléon en Égypte et la Conquête d'Alexandrie

Mosof fut transporté à une époque où les sables du désert

égyptien scintillaient sous le soleil brûlant. Il se tenait sur les rives du Nil, témoin de l'une des ambitions les plus audacieuses de Napoléon Bonaparte : la conquête de l'Égypte. Après ses victoires en Europe, Napoléon souhaitait établir une nouvelle route vers les Indes et se rendre maître de la terre des pharaons, tout en explorant les richesses de la culture islamique.

Comment se déroula la conquête d'Alexandrie ?

En 1798, Napoléon lança une expédition militaire en Égypte. Son armée, forte et déterminée, débarqua à Alexandrie. La ville, riche de son histoire et de sa culture, était un objectif stratégique essentiel pour contrôler les voies commerciales en Méditerranée.

À Alexandrie, Napoléon démontra sa capacité à mobiliser des troupes et à établir un commandement efficace. Il utilisa des tactiques de siège pour prendre le contrôle de la ville, affrontant les forces mamelouks, qui avaient déjà une solide réputation de guerriers.

Au-delà de l'aspect militaire, Napoléon nourrissait un intérêt stratégique pour l'islam et la culture arabe. Il comprenait que pour gagner le soutien des Égyptiens et des soldats mamelouks, il devait établir des relations positives avec la population locale. Napoléon se présenta non seulement comme un conquérant, mais aussi comme un réformateur.

Il prônait le respect de la religion islamique et de la culture égyptienne, proclamant qu'il n'était pas là pour détruire, mais pour libérer. Cette approche visait à gagner le cœur et l'esprit des Égyptiens, espérant ainsi les rallier à sa cause.

Napoléon savait que les mamelouks, ces guerriers d'origine servile, jouaient un rôle crucial dans la défense de l'Égypte. Après avoir établi un certain contrôle sur Alexandrie, il envoya des émissaires pour négocier avec les chefs mamelouks, cherchant à les convaincre de rejoindre son armée plutôt que de s'opposer à lui.

Il leur proposa des avantages, comme des postes de pouvoir et la promesse de préserver leurs privilèges en tant que nobles, tout en les intégrant dans son armée. Cette manœuvre visait à créer une force militaire unifiée, capable de stabiliser la région tout en renforçant son pouvoir.

Mosof, observant ces événements, en tira plusieurs leçons :

La culture dans la conquête était importante.

Napoléon comprit rapidement que respecter la culture locale et établir des relations positives avec la population était essentiel pour assurer la paix et la stabilité.

Les alliances stratégiques peuvent renverser le cours d'une guerre

En cherchant à récupérer les soldats mamelouks, Napoléon montrait que la diplomatie pouvait être aussi efficace que la force militaire.

Il tenait sur le pouvoir des idées et de la communication qui étaient essentiels.

En se présentant comme un réformateur et un libérateur, Napoléon espérait influencer les perceptions et gagner le soutien des Égyptiens, ce qui était crucial pour ses ambitions.

La conquête militaire doit être accompagnée d'une stratégie politique

La victoire sur le champ de bataille ne suffisait pas ; il fallait également s'assurer de la loyauté et du soutien des populations conquises pour maintenir un empire durable.

Alors que Mosof réfléchissait à ces leçons, il comprit que l'expédition en Égypte marquait un tournant dans l'histoire de Napoléon, à la fois sur le plan militaire et culturel. Cette quête de pouvoir et de connaissance serait un élément fondamental de son héritage, façonnant non seulement son empire, mais aussi la dynamique entre l'Orient et l'Occident.

Chapitre 10 : Waterloo – La Défaite de Napoléon

Mosof se trouva à présent sur un champ de bataille boueux et tumultueux, où le destin de l'Europe était sur le point d'être scellé. La bataille de Waterloo, le 18 juin 1815, marquait la fin de l'ère napoléonienne. Napoléon Bonaparte, le conquérant invincible d'autrefois, se tenait en position, prêt à affronter une coalition de forces alliées, dont l'armée britannique commandée par le duc de Wellington et les Prussiens sous Gneisenau.

Le soleil se leva sur le champ de Waterloo, révélant des lignes de soldats prêts à combattre. Napoléon, fort de ses expériences passées, avait élaboré un plan ambitieux pour attaquer rapidement les forces ennemies et les désorganiser. Cependant, il avait sous-estimé la résilience de ses adversaires et leur capacité à se regrouper.

Alors que les premières salves de canon retentissaient, Napoléon lança ses cavaliers à l'assaut. Il espérait que leur charge rapide créerait la panique parmi les rangs alliés. Cependant, Wellington, qui avait anticipé cette manœuvre, avait préparé ses troupes à résister. Les forces britanniques se firent solides sur leurs positions, formant des carrés pour repousser les charges de cavalerie.

L'Utilisation des Flancs étaient déterminant.

Au fur et à mesure que la bataille se déroulait, Napoléon tenta de manœuvrer sur les flancs, espérant déstabiliser l'ennemi. Mais cette stratégie se heurta à la détermination et à l'organisation des forces alliées. Les Prussiens, sous le commandement de Blücher, arrivèrent sur le champ de bataille en renfort, attaquant les flancs de l'armée française au moment où Napoléon pensait pouvoir l'emporter.

Cette arrivée inattendue changea la dynamique de la bataille. Les soldats prussiens, frais et motivés, harcelèrent les positions françaises, apportant le coup fatal à la stratégie de Napoléon. L'armée française, déjà éprouvée, commença à se désorganiser, subissant des pertes énormes.

Comment s'opéra la chute de Napoléon ?

La bataille de Waterloo fut un tournant décisif. La bravoure des alliés et la coordination de leurs attaques sur les flancs conduisirent Napoléon à la défaite. À mesure que le chaos s'installait, les soldats français, épuisés et démoralisés, commencèrent à fuir le champ de bataille. Napoléon, réalisant que tout espoir de victoire était perdu, ordonna la retraite.

Cette défaite marqua la fin de son règne et son exil définitif sur l'île de Saint-Hélène.

Mosof observa attentivement les événements qui se déroulaient devant lui, en tirant plusieurs leçons cruciales :

Sous-estimer l'adversaire peut être fatal.

Napoléon, en dépit de sa grande expérience, a négligé de prendre en compte la résilience et la préparation de ses ennemis, ce qui lui a coûté cher.

Il avait relevé l'importance de la coordination et des renforts.

La rapidité avec laquelle les Prussiens sont intervenus a changé la donne, illustrant que le soutien entre alliés est essentiel dans un conflit.

Les stratégies sur les flancs doivent être soigneusement planifiées.

Les manœuvres autour des flancs, bien que souvent efficaces, nécessitent une exécution précise et une évaluation claire des forces ennemies.

La fin d'un règne peut être aussi rapide qu'un ascension.

Napoléon, qui avait conquis une grande partie de l'Europe, a vu son empire s'effondrer en un jour, montrant que le pouvoir est toujours précaire et peut changer rapidement.

En réfléchissant à ces leçons, Mosof comprit que la bataille de Waterloo représentait non seulement la chute de Napoléon, mais aussi un changement radical dans l'équilibre des pouvoirs en Europe. Cette époque marquerait un nouveau chapitre dans l'histoire, et Mosof était déterminé à observer comment ces dynamiques évolueraient par la suite.

Chapitre 11 : Échanges de Sagesse entre Mosof et le Général

Dans une ambiance paisible, Mosof se tenait aux côtés de Kuskov, le général qui l'avait sorti de sa retraite. Ensemble, ils contemplaient les événements tumultueux qu'ils avaient observés à travers les âges. Ils étaient assis dans un jardin, entourés de fleurs aux couleurs éclatantes, profitant d'un moment de calme pour discuter des enseignements tirés des batailles et des règnes des rois qu'ils avaient rencontrés.

Ils récapitulèrent les Enseignements du voyage dans le temps.

Mosof commença la conversation :

« Au fil de mes voyages, j'ai réalisé que chaque roi et chaque bataille ont laissé des leçons profondes. Commençons par Alexandre le Grand. Sa conquête des Perses et ses victoires militaires sont impressionnantes, mais son échec à maintenir l'unité de son empire démontre que conquérir est une chose, gouverner en est une autre. »

Kuskov acquiesça, notant l'importance de cette leçon.

« Il est vrai, Mosof. La puissance militaire ne suffit pas à garantir la paix. La compréhension des cultures et des populations est essentielle pour la stabilité. »

Mosof continua, évoquant les guerres puniques.

« Hannibal a montré l'efficacité de la ruse et de la guérilla à Canne, mais Scipion a prouvé que l'adaptation et l'innovation sont des clés pour la victoire. »

Kuskov réfléchit un instant.

« Cela rappelle la nécessité d'évoluer face aux circonstances. La rigidité dans le commandement peut mener à la chute. »

Mosof poursuivit avec Jugurtha.

« Jugurtha a illustré le pouvoir des alliances et des trahisons. La politique est souvent aussi importante que la guerre. La corruption et la manipulation peuvent s'avérer être des armes puissantes. »

Kuskov hocha la tête, pensant à ses propres expériences.

« Les alliances doivent être fondées sur des intérêts communs et une loyauté vérifiable. Les trahisons peuvent renverser des empires. »

En évoquant François Ier, Mosof dit :

« Il a démontré que la culture et l'art peuvent équilibrer les horreurs de la guerre. Son mécénat a permis à la France de briller même en temps de conflits. »

Kuskov sourit, appréciant cette perspective.

« Un bon leader doit savoir valoriser ses ressources, y compris culturelles. La guerre ne doit pas obscurcir la beauté de la civilisation. »

Finalement, Mosof aborda Napoléon et Waterloo.

« Napoléon, autrefois invincible, a chuté parce qu'il a sous-estimé ses ennemis. La coordination entre alliés est cruciale, tout comme la prise en compte de la résilience des adversaires. La défaite à Waterloo a rappelé que même le plus grand des conquérants peut faire face à sa fin. »

Kuskov conclut :

« Ces leçons traversent le temps. Chaque bataille, chaque règne, nous enseigne quelque chose de précieux. La guerre, la politique et la culture sont inextricablement liées. Il est essentiel d'apprendre de ces événements pour éviter de répéter les erreurs du passé. »

Une Vision d'Avenir

Ensemble, Mosof et Kuskov réalisèrent que ces réflexions leur permettraient non seulement de mieux comprendre l'histoire, mais aussi d'influencer le futur.

Les Vraies Intentions de Kuskov

Alors que Mosof réfléchissait aux enseignements partagés, Kuskov se tourna vers lui avec un sourire sournois.

« Merci, Mosof, pour ces réflexions éclairantes. J'ai l'intention d'utiliser ces leçons dans un tout autre contexte. Je prévois de faire la guerre à l'Europe. »

La révélation, inattendue, fit froid dans le dos de Mosof. Kuskov, avec son charme militaire, avait d'autres ambitions en tête.

« Il est temps d'agir, et vos sages paroles seront utiles pour rassembler des forces. Je vous suis reconnaissant de m'avoir donné ces précieuses connaissances. »

Mosof comprit que l'homme devant lui avait des intentions bien plus sombres que de simples échanges d'idées. Les enseignements qu'il avait partagés pourraient être utilisés pour alimenter un conflit majeur.

Partie 2

Chapitre 12 : Héritage de la Mort de John 3

La lumière se dissipa autour de Mosof alors qu'il se retrouvait dans un cadre contemporain, où le monde semblait toujours en proie à des tensions et des luttes de pouvoir. La mort de John 3, une figure tyrannique dont le règne avait laissé des cicatrices profondes, avait certes mis un terme à une ère, mais son héritage continuait de se manifester sur la scène mondiale.

John 3 avait tenté de façonner le monde selon sa vision, opprimant ceux qui s'opposaient à lui et modifiant le cours des civilisations. Sa mort avait créé un vide de pouvoir, mais au lieu de rétablir la paix, cela avait exacerbé les conflits latents. Les nations se débattaient pour combler ce vide, et le spectre de l'instabilité planait toujours sur l'Europe.

Dans cette nouvelle ère, la tension entre la Russie et l'Organisation Atlantique était palpable. Le conflit en Ukraine était le reflet d'anciennes rivalités et d'ambitions géopolitiques. La Russie, qui cherchait à étendre son influence, voyait l'Ukraine comme un élément crucial de sa sphère d'influence. En revanche, l'Organisation Atlantique, désireuse de contrer l'expansionnisme russe, soutenait l'Ukraine dans sa quête d'indépendance et de souveraineté.

Les tensions en Ukraine ne faisaient que souligner l'héritage chaotique de la mort de John 3. Ce dernier avait laissé derrière lui un monde en désordre, où les idéologies se confrontaient, et où les anciennes rivalités refaisaient surface. La lutte pour le pouvoir et l'influence se poursuivait, et les nations cherchaient à établir des alliances pour renforcer leur position.

Mosof réalisait que le règne de John 3 avait non seulement engendré des souffrances sur le moment, mais avait également laissé des traces indélébiles sur la géopolitique actuelle. Le conflit en Ukraine était un exemple frappant de la manière dont les actions d'un leader pouvaient résonner à travers le temps, affectant des générations futures.

La réflexion de Mosof était la suivante.

Face à cette réalité, Mosof se demandait si l'histoire pouvait réellement être un professeur. Les leçons du passé, bien qu'apprises, semblaient souvent oubliées dans la poursuite du pouvoir et de l'influence. Les nations, emportées par leurs ambitions, risquaient de répéter les erreurs de ceux qui les avaient précédés.

En contemplant la situation, Mosof comprit que son rôle, en

tant qu'observateur et narrateur, était plus crucial que jamais. Il devait continuer à relayer les leçons tirées des luttes passées afin de contribuer, ne serait-ce qu'un peu, à la paix et à la compréhension dans un monde encore en proie aux tensions.

Ainsi, alors que le récit de John 3 touchait à sa fin, le monde continuait de naviguer dans un océan de conflits, et l'héritage de chaque leader, bon ou mauvais, persistait à influencer le destin des nations.

Chapitre 13 : Les Plans Sombres de Kuskov

Alors que Mosof contemplait les répercussions des événements passés, il fut interrompu par Kuskov, le général. L'homme, qui avait montré un intérêt marqué pour les leçons historiques, avait maintenant des intentions plus sombres en tête.

« Mosof, » commença Kuskov, un sourire sournois sur le visage, « les enseignements que vous avez partagés m'ont ouvert les yeux. Il est temps d'agir sur ces leçons pour renforcer mon pouvoir. »

Kuskov poursuivit :

« La guerre est inévitable, et je compte l'utiliser à mon

avantage. La situation actuelle en Ukraine n'est qu'un prélude. Je vais également diriger mes forces vers l'Europe. » Il marqua une pause, savourant l'impact de ses mots. « Je vais écarter les femmes du pouvoir et des postes stratégiques, car j'ai observé que la loyauté et l'ambition sont plus souvent trouvées chez ceux qui cherchent à s'affirmer dans un monde dominé par les hommes. »

Mosof le regarda, conscient des dangers de cette mentalité, mais ne dit rien. Kuskov poursuivit, sa voix pleine de conviction.

« Je vais influencer les pays de l'Est comme la Moldavie, la

Roumanie et la Pologne. Ils doivent être remodelés culturellement, en cultivant une nostalgie pour l'ère de l'ex-URSS. C'est là que se trouvent les racines de leur identité, et c'est ce qui peut être utilisé pour les rallier à notre cause. »

Kuskov savait que l'influence culturelle pouvait s'avérer aussi puissante que l'armée sur le champ de bataille. En promouvant une image de l'ex-URSS comme une époque de force et de stabilité, il espérait rallier les populations à sa vision.

« En rétablissant des liens avec cette histoire, nous pourrons créer des mouvements qui affirmeront notre présence dans ces pays, » déclara-t-il avec assurance. « Cela nous permettra d'établir un prétexte pour intervenir militairement, si nécessaire. »

Mosof avait un dilemme.

Mosof, observant la détermination de Kuskov, ressentait un profond malaise. Les leçons du passé lui rappelaient que l'histoire était souvent marquée par des cycles de violence et de domination. Kuskov semblait déterminé à exploiter ces cycles plutôt qu'à les briser.

« Vous réalisez que ces actions pourraient entraîner des conséquences catastrophiques, n'est-ce pas ? » demanda

Mosof, essayant d'atteindre la conscience du général.

Kuskov, cependant, était implacable.

« Les conséquences sont inévitables dans la quête de pouvoir. L'histoire est écrite par ceux qui agissent, non par ceux qui hésitent. »

Alors que Mosof regardait le général, il savait que le monde était à un tournant. Les enseignements qu'il avait partagés étaient désormais en train d'être pervertis au service d'une ambition dévastatrice. L'héritage de John 3, ainsi que les luttes passées, avaient façonné un monde où les erreurs semblaient prêtes à se répéter.

Les ombres de la guerre se profilaient à nouveau, et Mosof comprenait qu'il était essentiel de rester vigilant face à la montée de l'ambition et à l'exploitation des tensions. Son rôle en tant que narrateur de l'histoire prenait une importance capitale dans cette lutte pour l'avenir.

Chapitre 14 : Le départ de Kuskov et la Mission de Mosof

Kuskov, après avoir partagé ses sombres intentions avec Mosof, se leva, déterminé à mettre en œuvre ses plans.

« Je dois retourner dans mon pays, » annonça-t-il d'un ton

autoritaire. « Le temps presse, et je ne peux pas perdre un instant. Les guerres que je vais déclencher façonneront l'avenir de l'Europe. »

Mosof le regarda s'éloigner, inquiet des conséquences de ses ambitions. Alors que Kuskov disparaissait à l'horizon, Mosof savait qu'il devait agir rapidement.

Mosof se mit en route, se déplaçant discrètement, conscient des dangers qui l'entouraient. Avec l'aide des services de renseignement qui l'avaient protégé tout au long de ses voyages, il élabora un plan pour alerter le président français sur la menace imminente que représentait Kuskov.

En traversant les rues, il réfléchit à la meilleure manière de présenter la situation. Il devait convaincre le président de la gravité de la situation : Kuskov, un général rusé et ambitieux, préparait une guerre non seulement contre l'Europe, mais cherchait également à manipuler les tensions en Ukraine et à influencer les pays de l'Est.

Mosof fit une rencontre cruciale.

Mosof parvint finalement au palais présidentiel. Il était escorté par des agents de sécurité, qui le conduisirent dans le bureau du président. Lorsque Mosof entra, il ressentit le poids de la responsabilité sur ses épaules. Il devait faire entendre sa voix et avertir ceux qui avaient le pouvoir de changer le cours des événements.

« Monsieur le Président, » commença-t-il, sa voix ferme malgré l'adrénaline qui pulsait en lui. « Je viens d'un voyage dans le temps, et ce que j'ai vu est alarmant. Un général, Kuskov, prépare une guerre contre l'Europe. Il a l'intention d'exploiter les tensions en Ukraine et de manipuler les pays de l'Est pour asseoir son pouvoir. »

Le président, surpris par la déclaration, scruta Mosof avec attention. « Un général ? Quelles preuves avez-vous de cela ? »

Mosof, préparé, sortit des documents et des témoignages recueillis lors de ses voyages. Il décrivit les leçons apprises des batailles et les répercussions de chaque action sur le cours de l'histoire.

« Il est essentiel que la France prenne ces menaces au sérieux, » continua Mosof. « Kuskov est intelligent et déterminé. Il pourrait causer une instabilité sans précédent si on ne l'arrête pas. »

Le président, conscient des implications, commença à prendre des notes. Il comprit que Mosof ne venait pas avec des avertissements vains, mais avec une connaissance précieuse des forces en jeu.

« Nous devons mobiliser nos alliés et mettre en place une stratégie pour contrer cette menace, » déclara le président avec détermination. « Votre information est cruciale, Mosof. Vous avez agi en tant que messager dans une période critique. »

Mosof quitta le palais, un sentiment d'accomplissement mêlé d'anxiété l'accompagnant. Il savait que le chemin à venir serait semé d'embûches, mais il avait fait ce qu'il devait faire. La bataille pour l'Europe était loin d'être terminée, et l'héritage de ceux qui avaient précédé n'était pas à négliger.

Alors que le soleil se couchait, Mosof réalisa que son rôle en tant que protecteur des leçons du passé devait continuer. Les événements qui se dérouleraient dans les mois et les années à venir dépendraient des actions de ceux qui avaient le pouvoir de décider.

Il se dirigea vers l'inconnu, prêt à affronter les défis à venir et à veiller sur l'avenir.

Chapitre 15 : Les Stratégies de Kuskov

Kuskov, de retour dans son pays, se mit immédiatement au travail pour mettre en œuvre ses plans ambigus. Il savait que pour réussir, il devait établir des alliances stratégiques qui lui permettraient de renforcer sa position et de projeter sa puissance au-delà des frontières.

Kuskov élabora une stratégie audacieuse pour former une coalition. Son objectif était de s'allier avec des nations qui partageaient une vision commune, même si leurs motivations différaient. Il dirigea son attention vers la Chine, l'Iran et la Corée du Nord. Ces pays, bien que souvent considérés comme opposés à l'Occident, pourraient se révéler des alliés précieux dans sa quête de domination.

Avec la Chine, il espérait capitaliser sur leurs ambitions économiques et militaires. Les deux nations pouvaient se compléter dans leurs efforts d'expansion, notamment en Asie et en Europe.

L'Iran, en tant que puissance régionale, offrait un accès stratégique au Moyen-Orient et une source potentielle de ressources. Kuskov savait qu'une alliance avec Téhéran pourrait affaiblir l'influence occidentale dans la région.

La Corée du Nord, bien que souvent isolée, pouvait servir d'outil de diversion. En soutenant ses ambitions, Kuskov espérait qu'elle pourrait créer des tensions supplémentaires pour distraire les nations occidentales.

Kuskov savait qu'il devait également faire preuve de prudence. Il décida d'écarter l'Inde de ses plans d'alliance. Bien que ce pays puisse sembler un atout stratégique, il jouait souvent sur deux tableaux, ce qui compliquerait toute tentative de collaboration. Pour l'instant, Kuskov était déterminé à concentrer ses efforts sur des partenaires fiables, évitant les ambiguïtés que l'Inde pourrait apporter à son jeu.

Avec ces alliances, Kuskov comptait sur une nouvelle dynamique géopolitique pour justifier ses ambitions expansionnistes. En unissant ces puissances, il espérait créer un front solide contre l'Europe, renforçant ainsi sa position tout en alimentant les tensions existantes.

Le conflit était imminent.

Alors que Kuskov peaufinait ses stratégies, il comprenait que chaque décision serait cruciale dans la montée des tensions en Europe. Le monde était à un tournant, et les choix qu'il faisait pourraient avoir des répercussions durables. Il savait qu'il devait être agile et prêt à s'adapter aux évolutions de la situation géopolitique, mais son esprit était résolument tourné vers l'avenir.

Kuskov était déterminé à mettre son plan en œuvre, convaincu que ces alliances lui permettraient de redéfinir le paysage européen et d'asseoir sa propre puissance sur les cendres des conflits passés. Le temps pressait, et chaque moment comptait dans cette course vers la domination.

Chapitre 16 : La Déclaration de Guerre

Kuskov se tenait devant ses officiers dans une salle de guerre sombre et austère, le regard déterminé. Après des mois de préparation et de manigances, le moment était enfin venu de passer à l'action. Il leva la voix, remplie d'un mélange de passion et de gravité :

« Mes amis, aujourd'hui, nous déclarons la guerre à l'Europe ! »

L'Europe était prête au combat.

Depuis plus de dix ans, les nations européennes avaient anticipé une telle déclaration. La France, l'Allemagne, l'Angleterre, et la Pologne avaient renforcé leurs armées, augmentant leur capacité militaire et leur préparation tactique. Ils savaient que le vieux continent était vulnérable et que les tensions géopolitiques pouvaient dégénérer à tout moment. Les pays tels que l'Espagne et l'Italie, souvent considérés comme des puissances secondaires, étaient également en phase avec les préparations militaires.

Kuskov se savait contre une coalition unie, déterminée à défendre ses intérêts. Il avait l'intention de frapper fort et vite, espérant désorganiser leurs plans. Les Français proposait une Aliiance avec l'Inde qui était restait à l'écart et vu leur proximité avec les pays du bloc d'en face il y avait là une bonne carte à jouer.

Les États-Unis restait en retrait.

Kuskov était conscient que les États-Unis n'interviendraient pas dans ce conflit. Leur politique non interventionniste et le coût élevé d'une telle guerre les poussaient à rester à l'écart des affaires européennes. Cela offrait à Kuskov une opportunité d'agir sans craindre une intervention directe des puissances américaines. Il pouvait se concentrer sur ses alliances en Europe et en Asie, en profitant des tensions pour créer un climat propice à ses ambitions.

L'engagement au combat était total.

Alors qu'il observait ses officiers, Kuskov ressentait l'adrénaline monter. La guerre n'était pas seulement une bataille militaire ; c'était un jeu de pouvoir, une manœuvre stratégique à grande échelle. Il savait que chaque décision, chaque mouvement, serait crucial dans la conquête de l'Europe.

« Préparez vos troupes, mobilisez nos alliés. L'heure de l'action est venue ! Nous frapperons avec la force de tous nos partenaires, et nous ferons trembler l'Europe sous notre poigne de fer ! »

C'était le silence avant la tempête.

Alors que la tension montait, Mosof se tenait à l'écart, conscient que le monde était sur le point de connaître une nouvelle ère de conflits. Les préparations de Kuskov annonçaient une tempête imminente, et l'héritage de siècles de guerres semblait prêt à se répéter. Il savait que les répercussions de cette guerre seraient profondes et durables.

Alors que le général se préparait à déclencher les hostilités, Mosof se mit à réfléchir aux moyens de contrer cette vague de violence. Il savait qu'il devait continuer à jouer son rôle, à avertir et à défendre les leçons du passé face à un avenir incertain.

Chapitre 17 : L'Opération Spéciale et la Guerre Totale

La tension dans l'air était palpable alors que l'opération spéciale en Ukraine se transformait rapidement en une guerre totale. Kuskov, ayant soigneusement orchestré chaque mouvement, lança l'assaut avec une précision militaire qui surprit même ses adversaires. Les forces armées, préparées depuis des années, se déployèrent en masse.

Invasion et Bombardements en Ukraine

Les premières vagues d'assaut entrèrent en Ukraine avec des bombardements aériens massifs, réduisant des infrastructures stratégiques à néant. Des colonnes de blindés avançaient, écrasant toute résistance sur leur passage. Les villes, autrefois paisibles, étaient plongées dans le chaos.

La population, prise par surprise, fit face à une brutalité inédite. Les bombardements incessants avaient pour objectif de terrifier et de soumettre. Les forces ukrainiennes, bien que déterminées, furent rapidement débordées par la puissance de feu et l'ampleur de l'invasion.

L'Invasion de la Pologne et de la Moldavie

Une fois l'Ukraine sous contrôle, Kuskov dirigea son attention vers la Pologne et la Moldavie. Il savait que la rapidité de l'action était essentielle. Les forces blindées pénétrèrent les plaines polonaises, s'étendant comme une marée de fer, tandis que des unités de guérilla s'installèrent dans les villes, menant des frappes rapides et dévastatrices contre toute résistance.

La stratégie de Kuskov exploitait à la fois la puissance des blindés pour les offensives directes et les tactiques de guérilla pour semer le désordre dans les zones urbaines. Les forces d'occupation s'efforçaient de contrôler le terrain, mais la population locale, bien qu'éprouvée, trouvait des moyens de résister et de s'opposer à l'invasion.

Les succès de Kuskov en Ukraine et en Pologne avaient des répercussions profondes sur l'Europe. Les pays baltes, craignant d'être les prochaines cibles, se préparèrent à l'inévitable. Les gouvernements des pays comme la Lituanie, la Lettonie et l'Estonie renforcèrent leurs défenses, mais la menace était omniprésente.

Parallèlement, la Finlande, traditionnellement neutre, se retrouva également sur la ligne de mire de Kuskov. Des forces d'invasion commencèrent à franchir la frontière, et l'idée de résistance nationale était mise à l'épreuve. Les réminiscences des guerres passées ressurgirent, mais cette fois, l'ennemi était mieux préparé et déterminé.

Le Monde était au bord du Chaos.

Alors que la guerre totale se déployait, les tensions entre Kuskov et le reste de l'Europe atteignaient leur paroxysme. Les alliances militaires étaient formées dans la précipitation, tandis que les puissances européennes essayaient désespérément de se regrouper pour contrer l'avancée de Kuskov.

Le monde, déjà fragilisé par des années de conflits, était à la croisée des chemins. Chaque mouvement, chaque décision pouvait changer le cours de l'histoire. Les leçons du passé pesaient lourdement sur ceux qui avaient la responsabilité de réagir à cette nouvelle réalité.

Kuskov, de son côté, savait que le succès de son plan dépendait non seulement de la force brute, mais aussi de sa capacité à manipuler les événements et à exploiter les faiblesses de ses adversaires. Le chemin vers la domination était semé d'embûches, mais sa détermination à imposer sa vision était inébranlable.

Chapitre 18 : La Chute des Pays de l'Est

Alors que l'ombre de la guerre totale s'étendait sur l'Europe, les pays de l'Est tombaient un par un sous la pression de l'armée de Kuskov. La rapidité de ses opérations militaires, combinée à des tactiques de guerre éclair, déstabilisait les nations qui avaient autrefois défié l'autorité.

La Guerre Éclair commença en Europe de l'Est.

La Tchécoslovaquie, d'abord, fut envahie sans crier gare. Les forces blindées russes avancèrent à grande vitesse, prenant les défenses par surprise. Les villes furent rapidement submergées, et la résistance, bien que courageuse, fut écrasée sous le poids de la puissance militaire.

La Yougoslavie suivit rapidement. Les divisions ethniques, qui avaient déjà affaibli la nation, devinrent des cibles faciles alors que les forces de Kuskov profitaient des tensions internes. Les opérations furent menées avec une telle efficacité que la capitulation fut presque inévitable.

L'Autriche ne tarda pas à tomber non plus. Les blindés s'élancèrent à travers les champs, et la population, fatiguée par des années d'instabilité, ne put s'unir contre l'assaillant. Les rapports d'invasion rapide et de bombardements incessants paralysèrent toute tentative de défense.

Avec la chute de ces nations, l'Europe était désormais réduite à un petit groupe de pays qui résistaient encore : l'Allemagne, la France, l'Italie, l'Espagne et l'Angleterre. Les dirigeants de ces nations se retrouvaient confrontés à une situation critique, alors que l'armée de Kuskov avançait implacablement.

Kuskov savait qu'il devait maintenant concentrer ses efforts sur ces derniers bastions. La France et l'Allemagne, en particulier, représentaient des obstacles significatifs à ses ambitions. Leur force militaire combinée, si elle était unie, pourrait encore créer des défis sérieux.

Les gouvernements des pays restants se réunirent, discutant de la situation désespérée à laquelle ils faisaient face. Les tensions montaient, les alliés traditionnels commençaient à s'interroger sur la meilleure manière de répondre à cette menace croissante.

Les lignes de communication étaient établies, mais la question persistait : comment résister à un adversaire qui semblait implacable et imparable ? Les stratégies militaires étaient élaborées, mais le temps était compté. L'Europe se tenait sur le fil du rasoir, attendant le prochain mouvement de Kuskov.

Le Monde était en équilibre précaire.

Alors que les nations résistaient encore, la situation restait instable. Les civils, pris dans la tourmente des conflits, espéraient un changement, un retour à la paix. Kuskov, en revanche, ne comptait pas relâcher son emprise.

Le monde était à un tournant, et Mosof, témoin des événements, savait que l'histoire était en train de s'écrire. La lutte pour l'avenir de l'Europe serait déterminante non seulement pour les nations en guerre, mais aussi pour l'ensemble du continent.

La question demeurait : qui sortirait vainqueur de ce chaos ?

Chapitre 19 : L'Application des Enseignements de Canne contre les Troupes Allemandes

Face à la menace grandissante des troupes allemandes sous le commandement du général Neuer, les stratèges militaires russes se réunirent pour élaborer un plan audacieux inspiré par les enseignements de la célèbre bataille de Canne durant la Seconde Guerre Punique. Ils savaient qu'ils devaient agir rapidement et efficacement pour déjouer la résistance de Neuer.

Il lui vint le Souvenir de Canne.

À Canne, Hannibal avait infligé une défaite écrasante aux Romains en exploitant leurs faiblesses avec une manœuvre astucieuse. Les stratèges russes se remémorèrent les principes de cette bataille, déterminés à les appliquer contre l'Allemagne de Neuer.

Les principes clés à appliquer étaient clairs :

L'utilisation de la manœuvre en tenaille : Les Russes prévoyaient de feindre une faiblesse dans certaines positions pour attirer les forces allemandes vers des zones vulnérables, où elles pourraient être encerclées ;

la division des forces ennemies : Ils savaient que les troupes allemandes, bien que puissantes, pouvaient être désorganisées si elles étaient confrontées à une résistance inattendue sur plusieurs fronts.

Kuskov planifiait la défense.

Les stratèges russes élaborèrent un plan audacieux :

créer des lignes de défense solides : Plutôt que de s'engager directement dans un combat frontal, ils renforcèrent les positions dans les régions montagneuses et forestières, où les troupes allemandes auraient des difficultés à manœuvrer ;

feindre la faiblesse dans certaines régions : En simulant une vulnérabilité, les Russes attirèrent les troupes allemandes vers des zones moins défendues, préparant des embuscades ;

utiliser des unités mobiles : La cavalerie russe et des unités d'infanterie légère furent déployées pour mener des attaques rapides sur les flancs des forces allemandes, imitant les manœuvres d'Hannibal à Canne. Cela leur permit d'harceler les lignes ennemies et de créer la confusion.

Comment fut exécuté de la stratégie ?

Les forces russes, bien préparées, se mirent en mouvement. Au fur et à mesure que les troupes de Neuer avançaient, elles rencontrèrent des positions fortifiées et des résistances inattendues. Les stratèges russes, anticipant les mouvements allemands, se préparaient à exploiter toute opportunité.

Lorsque Neuer envoya une partie de ses forces s'engouffrer dans une zone qu'il croyait faible, cela ne fit que confirmer les anticipations des stratèges russes. Des unités de réserve se déployèrent rapidement, encerclant les troupes allemandes et lançant des contre-attaques.

Le Résultat de l'Engagement était le suivant :

L'application des enseignements de la bataille de Canne fut couronnée de succès.

Les troupes allemandes, bien que redoutables, furent prises dans des combats désavantageux, et leur moral commença à s'effondrer. Les forces russes, alliées à la détermination des soldats, réalisèrent une série de succès tactiques contre l'envahisseur.

La détermination et l'ingéniosité des forces russes, alliées à des leçons historiques, redéfinirent le cours de la guerre.

Chapitre 20 : La Chute de l'Italie et de l'Espagne

Alors que les forces russes, galvanisées par leur récente victoire contre les troupes allemandes, poursuivaient leur avancée à travers l'Europe, l'Italie et l'Espagne se retrouvèrent rapidement confrontées à une situation désastreuse. Les stratégies de Kuskov, désormais appliquées par les Russes, s'avérèrent dévastatrices pour ces nations.

Les armées russes, fortes de leurs leçons historiques et de leur récente victoire, lancèrent une offensive fulgurante. En Italie, les troupes russes avancèrent à travers les plaines et les collines, déployant des tactiques de guerre éclair qui désorganisèrent les forces italiennes. Malgré des tentatives de résistance, les lignes italiennes s'effondrèrent rapidement sous la pression.

De même, en Espagne, les Russes profitèrent de l'instabilité politique et des divisions internes. Les forces russes s'installèrent rapidement dans les principales villes, faisant face à une résistance minimale. Les gouvernements espagnol et italien, incapables de s'unir efficacement pour défendre leur territoire, se virent rapidement submergés.

La France était face à l'inévitable.

Avec la chute de l'Italie et de l'Espagne, la France restait désormais le dernier bastion de résistance contre les forces russes. Les dirigeants français, conscients de la gravité de la situation, savaient qu'ils devaient rassembler toutes leurs ressources pour contrer l'avancée russe.

Les leaders militaires français se réunirent en urgence pour établir un plan de défense solide. Ils comprenaient que leur pays devait faire face à une menace imminente. La stratégie des Russes, qui avaient démontré leur capacité à appliquer des leçons historiques contre des adversaires moins préparés, était un signal d'alarme pour la France.

Une alliance Contre l'Invasion fut montée.

Les stratèges français commencèrent à rechercher des alliances avec d'autres pays encore intacts, espérant constituer une coalition capable de résister à l'avancée russe. Des discussions étaient menées avec d'anciens alliés européens pour créer un front uni contre l'envahisseur.

Cependant, la pression montait, et le temps pressait. Les nouvelles des victoires russes créaient une atmosphère de désespoir, mais aussi de détermination. Les Français savaient qu'ils devaient se battre pour préserver leur souveraineté et leur identité nationale.

Alors que les forces russes se rapprochaient de la France, Mosof, observant les événements, réalisait que la situation était désespérée mais pas sans espoir. La France, avec son histoire de résistance et de bravoure, avait le potentiel de se battre contre les envahisseurs.

Le sort de l'Europe était suspendu à un fil, et la lutte finale se profilait à l'horizon. La France, se tenant au bord du gouffre, était prête à défendre son sol et son héritage, déterminée à prouver que même dans les moments les plus sombres, la résilience pouvait triompher.

Chapitre 21 : Les Russes et la Chute de l'Angleterre

Après avoir rapidement conquis l'Italie et l'Espagne, les forces russes, menées par le général Kuskov, prirent la décision stratégique de ne pas s'attaquer immédiatement à la France. Au lieu de cela, elles se concentrèrent sur l'Angleterre, qui, dans une tentative désespérée de contrer l'avancée russe, chercha à établir une alliance avec l'Inde.

L'Angleterre, consciente de la gravité de la situation, pensait que l'alliance avec l'Inde pourrait lui fournir le soutien militaire nécessaire pour repousser les envahisseurs russes. Cependant, l'Inde, jouant habilement sur les tensions, trahit les Britanniques, préférant rester neutre face aux ambitions russes.

Cette trahison rappela aux stratèges russes les leçons du passé, notamment l'épisode de la trahison de Boccus envers Jugurtha, où des alliances fragiles avaient conduit à la chute d'un royaume. Les Anglais, aveuglés par leur propre arrogance et leur conviction de pouvoir manipuler les alliances à leur avantage, furent rapidement désillusionnés.

Les forces russes, conscientes de la faiblesse britannique résultant de cette trahison, lancèrent une offensive fulgurante. La stratégie d'encerclement et de manœuvres rapides, appliquée avec succès en Europe de l'Est, fut à nouveau mise en œuvre. Les Britanniques, n'ayant pas anticipé la rapidité de l'assaut, furent submergés.

Les villes côtières furent prises d'assaut par les troupes russes, qui avancèrent sans rencontrer de résistance significative. Les lignes de défense anglaises s'effondrèrent alors que la réalité de la trahison indienne devenait évidente.

Le dernier Bastion était la France.

Avec la chute de l'Angleterre, le tableau de l'Europe se dessina de manière sombre. Les Russes, après avoir conquis l'Angleterre, se tournèrent maintenant vers la France, le dernier bastion de résistance en Europe.

Les dirigeants français, réalisant qu'ils étaient désormais complètement seuls, durent rassembler toutes leurs ressources pour défendre leur nation. Leurs expériences passées, notamment celles tirées des leçons de l'histoire, leur rappelèrent que la lutte n'était pas encore terminée.

Mosof, observant les événements, savait que la situation était critique. La France devait faire face à l'ennemi le plus puissant qu'elle ait jamais rencontré. Cependant, l'histoire avait montré que la résilience et le courage pouvaient renverser des situations apparemment désespérées.

Les forces françaises, inspirées par leur héritage de résistance, se préparèrent à la bataille ultime. Elles savaient qu'elles devaient s'appuyer sur chaque leçon apprise au fil des siècles pour résister à l'envahisseur.

Le destin de la France, et peut-être de l'Europe entière,

reposait désormais sur leurs épaules.

Chapitre 22 : L'Alliance Finale et la Résistance Européenne

Alors que les troupes russes avançaient inexorablement vers la France, les derniers bastions de résistance en Europe se regroupaient. Les dernières troupes vaincues des pays d'Europe, telles que celles de la Pologne et des pays baltes, rejoignirent les forces françaises, unissant leurs efforts pour faire face à la menace russe.

Avec la chute de l'Angleterre, l'horizon de la guerre se clarifia pour les Russes, mais la France ne se tenait pas seule. Leurs dirigeants, conscients que le moment était crucial, appelèrent à l'unité. Les pays européens, rassemblant leurs forces, s'unirent dans une dernière tentative pour défendre leurs valeurs et leur liberté.

Dans le même temps, des pays tels que la Chine, l'Iran et la Corée du Nord décidèrent de soutenir les troupes russes. Ces nations, ayant leurs propres ambitions géopolitiques, renforcèrent les lignes russes avec des ressources et des troupes supplémentaires, espérant voir un affaiblissement des puissances occidentales.

Chaque camp s'appuya sur les enseignements que Mosof avait observés lors de son voyage dans le temps. Les stratèges russes et français, ainsi que leurs alliés, appliquèrent des tactiques inspirées des grandes batailles de l'histoire, comme celles de Canne et de Numance.

Les Russes, utilisant la ruse et les manœuvres en tenaille, cherchaient à encercler leurs ennemis tout en feignant des faiblesses sur des fronts secondaires.

Les Français, renforcés par les dernières troupes européennes, s'organisèrent en formations serrées, prêtes à repousser l'envahisseur avec des contre-attaques coordonnées et des attaques sur les flancs.

Cependant, alors que la bataille se préparait, un facteur inattendu joua en faveur des Européens. Les adeptes du Gourou aux yeux jaunes, Mosof, qui avaient maintenu leur foi et leur détermination, se mobilisèrent pour défendre la France. Ils croyaient fermement en la résistance et la possibilité de renverser la situation.

Leur foi inébranlable, alliée à des stratégies militaires précises, transforma le champ de bataille. Ces croyants, entraînés à la fois dans l'esprit et dans le corps, se révélèrent être des combattants redoutables. Ils menèrent des attaques audacieuses, inspirant les troupes françaises et européennes à lutter avec ferveur.

Dans un affrontement épique, les lignes se brisèrent, et le choc des armes résonna à travers le champ de bataille. L'alliance des forces européennes, renforcées par la détermination des adeptes du Gourou, finit par faire pencher la balance en leur faveur. La tactique, la foi et la détermination unies permirent aux Européens de remporter une victoire décisive contre les troupes russes.

Après des mois de conflit acharné, la victoire des forces européennes marqua un tournant. Les pays qui avaient lutté pour leur survie trouvèrent un nouveau sens à leur unité. Alors que les cendres de la guerre se dissipèrent, ils réalisèrent que leur véritable force résidait dans la solidarité et la résilience face à l'adversité.

Les leçons du passé, transmises par Mosof, étaient désormais gravées dans les mémoires des peuples européens. Ils savaient que, tant que l'esprit de résistance demeurait, aucune force ne pourrait les écraser.

Chapitre 12 : Héritage de la Mort de John 3.............................75

Chapitre 13 : Les Plans Sombres de Kuskov...............................80

Chapitre 14 : Le départ de Kuskov et la Mission de Mosof.........................85

Chapitre 15 : Les Stratégies de Kuskov....................................92

Chapitre 16 : La Déclaration de Guerre 97

Chapitre 17 : L'Opération Spéciale et la Guerre Totale 102

Chapitre 18 : La Chute des Pays de l'Est.......................................108

Chapitre 19 : L'Application des Enseignements de Canne contre les Troupes Allemandes 113

Chapitre 20 : La Chute de l'Italie et de l'Espagne.....................................119

Chapitre 21 : Les Russes et la Chute de l'Angleterre................................124

Chapitre 22 : L'Alliance Finale et la Résistance Européenne................129

Chapitre 23 : Épilogue 135